시선의 끝

시선의 끝

1판 1쇄 발행 2024년 5월 15일

지은이 유희숙

발행인 이선우

펴낸곳 도서출판 선우미디어

등록 | 1997. 8. 7 제305-2014-000020

02643 서울시 동대문구 장한로 12길 40, 101동 203호

☎ 2272-3351, 3352 팩스: 2272-5540

sunwoome@hanmail.net

값 13,000원

※ 잘못된 책은 바꿔 드립니다.

※ 저자와 협의하여 인지 생략합니다.

ISBN 978-89-5658-760-8 03810

ISBN 978-89-5658-762-2 05810(PDF)

시선의 끝

유희숙 시집

선우미디어 sunwoomedia

| 서문 |

꿈을 회복하려는 시인의 향수

이길원 | 국제PEN 한국본부 33대 이사장

유희숙 시인이 첫 시집을 낸다. 전업주부이기도 한 유희숙 시인은 늦깎이 시인이다. 시인은 그간 시 쓰기 공부를 열심히 해왔다. 누에실문학회, 한국문인협회 평생교육원에서 6년을 넘게 공부해 왔다.

그리곤 2021년 『월간문학』에 추천되어 문단에 이름을 올렸다. 조금 늦은 나이에 등단한 것이다. 축하할 일이다. 인생을 정리하려는 나이에 시인으로 도전한 것이다. 그는 "많은 게 제게서 사라진다 해도 깨끗이 지우고 다시 생각하며 채우는 그런 시를 쓰고 싶다."라고 한다.

사실 시를 쓴다는 것은 도자기를 빚는 것과 마찬가지이다. 그러나 아무리 보기 좋은 도자기를 빚었더라도 내용물이 없으면 그냥 도자기일 뿐, 시가 아니다. 빚어 놓은 도자기에 어떤 내용물이 담겨 있느냐에 따라 그 시가 좋은 시詩인가 아니면 그저 그런 시인가 판가름 된다. 아무리 아름다운 말을 나열했어도 내용이 없으면 그건 시가 아니다.

술을 담든지 향수를 담든지 아니면 과일을 담든지는 시인의 역량이고 능력이다. 그럴 때 우리는 그 시인의 시 세계에 관하여 이야기할 수 있다. 아무리 문장이 아름답더라도 독자에게 느낌이 없다면 좋은 시라고 할 수 없다.

유희숙 시인의 시는 느낌을 준다. 시 편마다 시인의 꿈을 회복하려는 향수가 엿보인다.

중국을 대표하는 시인 중 한 사람인 사마천은 시를 쓴 후 제일 먼저 자신의 하인에게 읽어 주었다고 한다. 그리고 문맹인 하인에게 느낌이 어떻더냐고 묻고 난 후 조언을 받아 다시 시를 고쳐 썼다고 한다. 사마천이 시를 쓸 줄 몰라서 하인에게 읽어 준 것은 아니다. 사마천의 말은 이러했다.

"네게도 느낌이 없고 무슨 말인지 모른다면 누가 내 의도를 이해하겠느냐?" 이 이야기는 시를 되도록 쉬운 말로 쓰라는 말이다.

유희숙 시인의 시도 쉽게 읽힌다. 기교를 부리지 않았다. 잘 만들어진 도자기에는 전달하고자 하는 내용을 쉽게 간파할 수 있도록 잘 구성되어 있다. 그게 장점이다. 그의 시 〈어머니의 극락〉을 보자.

햇살 좋은 봄날
봄 시샘하던 바람도 졸고 있는 한낮

물기 바짝 말라 누워만 있던 어머니
오랜만에 툇마루 나와 기대어 앉으신다

마당에서 깔깔대며 뛰어노는 어린 손자들
무채색 그늘이 덮여 있던 어머니 얼굴

잠시 환해진다

"어머니 오늘은 좀 어떠세요?"
"지금 여기가 극락이지"

-<어머니의 극락> 전문

이미 노쇠해 몸이 불편한 어머니의 심경을 '지금 여기가 극락'이라는 한마디로 잘 표현해 주고 있다. 군더더기 없는 전개가 매끄럽다. 시 〈가을비〉를 보자.

어머니 눈물이다

살아생전 텃밭에 꽃모종 심고
조롱에 물 담아 조심조심 뿌리시더니
이 가을 마른하늘
애타는 꽃잎 아쉬워 흘리는 눈물이다

커튼 한 자락 젖히면 하늘이 열리고
창문을 열면 머무는 바람
발걸음 나서니 길가엔
아직 여물지 않은 대추나무
뿌연 안개는 앞을 가리더니

어머니 눈물
가을비 되어 내 마음 적시고 있다 -<가을비> 전문

추적추적 내리는 가을비에서 어머니의 생전 모습을 그리며 어머니에 대한 그리움을 잘 보여주고 있다. 첫 줄에 '어머니 눈물이다'라는 표현에 묘미가 있다. 그리곤 왜 어머니의 눈물이라 했는지 하는 서술이 이어진다. 시인의 어머니는 꽃을 좋아한 듯하다. 살아생전 텃밭에 꽃모종 심고 조롱에 물 담아 조심조심 뿌리시던 어머니를 떠올린다. 그리고 이 가을 마른하늘에 애타는 꽃잎 아쉬워 흘리는 눈물이라는 시인의 상상을 전개한 것이다. 상상의 끝에 현실로 돌아온다. 뿌연 안개가 앞을 가리더니 '어머니 눈물 가을비 되어 내 마음 적시고 있다'는 결론이 매끄럽다. 〈봄 뜨락〉이란 시를 보자.

탱탱해진 엄마의 젖가슴
아기는 허겁지겁 치달아 젖을 빤다

어느새 잠든 아기
젖꼭지를 놓쳐 버린다

엄마도 깜빡 조는 한낮
조그만 입술에 젖이 흘러 떨어진다

젖내가 달금하게 퍼지는 이른 봄 뜨락
하얀 매화 사랑으로 피어난다
-<봄 뜨락> 전문

한 편의 수채화를 보듯 아름답다. 한적한 봄 뜨락에 젖을 물린 엄마와 아기. 깜빡 조는 봄 뜨락에 〈하얀 매화〉가 조화를 이루고 있는 명화 같은 시다. 흔히 어떤 소재를 그림처럼 표현하면 시적 감각이 떨어진다고 평가하려는 경향이 있다. 그런데도 이 시는 아름답다. 느낌도 잔잔하다. 초보자들이 흔히 사용하고 싶어 하는 상투적 언어도 없다.

또 다른 한 편 〈양말〉을 보자

네가 없으면 나는 혼자 남을 까닭이 없어
아픈 당신 등에 업고 길 떠나네
"귀하고도 소중한 내 짝"

-<양말> 후반부

인생의 동반자를 '양말'에 비유한 작품이다. 양말이라는 오브제를 인생의 동반자인 짝꿍에 비유한 시인의 상상력이 돋보인다.

시인은 밤을 새워 가며 시를 읽고 썼다고 한다. 늘 실망과 상처뿐이었지만 그래도 시를 놓을 수 없었다고 한다. 비록 늦게 출발했어도 문학사에 길이 남는 명시를 남기길 기대해 본다.

시인의 말

스스로 술래가 되어 나를 찾아가는 숨바꼭질
얇은 마음을 찔리면서 한 줄 한 줄 써 내려갑니다.
서투른 대목이 있어도 아직은 알지 못합니다.
긴 시간이 흐르면 한 줌의 재로 남겨질 언어들
지름길 돌아 또 하나의 별을 찾아가는 생애입니다.

다정한 바람과 비,
그리고 햇살로 토닥여 주시는 분들에게 감사드리며
설레는 마음으로
수줍게 새싹을 내미는 첫 시집입니다.

2024년 봄을 기다리며
유희숙

차례

2부 하루는 너무 길거나 짧다

3부 어머니의 극락

4부 그대는 누구인가요

5부 그대 빈자리

1부

가랑잎 어머니

우체통과 비둘기

그대 위해 읊조리는 사랑의 노래
겨울은 저물어 가고
여윈 나뭇가지에 물이 오른다

밤새 베갯잇 물들이며 썼다가 지우기를 수십 번
곱게 접은 하얀 편지

빨간 우체통 앞 작은 비둘기 한 마리
한참을 망설이다가
우체통 안으로 날아든다

그만 들켜 버린 분홍빛 마음
종일토록 가슴만 뛴다

봄, 기지개 켜는 소리

꽁꽁 언 철 대문이 힘겹게 열리면
머리 희끗희끗 작은 산언덕
수줍게 가슴 내민다

앙상한 가지 사이 햇살의 날갯짓에
아지랑이 잔물결 춤춘다

봄을 메고 앉은 밭두렁이
남풍 숨결에 기지개 켜는 소리
발걸음 뗄 때마다 쫑긋 귀 세우며
혀 내미는 초록 냉이 눈을 흘긴다

하얀 맨발로
힘겹게 버티던 어제의 겨울이
보글보글 끓는 된장찌개에
봄 향기로 퍼진다

겨울나무

등을 보이며 돌아서는 너에게
한마디 말도
손을 흔들지도 못했다

하늘은 온통 잿빛
차가운 바람이 불고
흩어졌던 낙엽조차 울어대며 서로 부둥켜안는다

철없이 설레던 봄날이 가고
웃음소리 뜨거웠던 푸른 날도
한 몸 되어 물들어 가던 화려한 잔치도 끝났다
온기마저 사라진 빈자리
선명하게 남은 남루한 기억들

이승에서 저승으로 걸려있는 인연 줄
눈 감으면 아직도 들리는 목소리
떠난 자리에는 텅 빈 낡은 몸만 삐걱댄다

세찬 눈보라에 깎이며 흔들리는 긴 시간
우연을 가장해서 찾아오는 운명처럼
오래된 거리에서

또다시 너를 기다리고,

잊혀질 수 없는 너의 빛을 찾아
새봄을 꿈꾸는 하얀 겨울나무

다시 내 곁으로

왜 떠났느냐고 묻지 못했어

죽은 듯 서 있는 앙상한 나무들
회색 그림자 안고
달빛에 기대어 푸르렀던 그 날에 잠긴다

혹시나 찾아올까
찬바람 눈보라에
언 발 절룩이며 너만을 생각했어

꿈길에서라도 만날까
그 이름 부르고 부르다
대문 밖 너머로 너를 찾아 나선다

수줍은 얼굴로
내 뺨을 부드럽게 어루만지는 바람
항상 곁에 머물러 있었다는 듯,

깨진 얼음장 사이로
자맥질에 신난 물오리들
낮은 수풀도 잠 깨어 졸린 듯 몸을 흔든다

아지랑이 붉은 입술 내밀고
산등성이 언뜻언뜻 푸른 옷자락 보인다

분명 다시 올 거라 믿었어
하나 둘
내 곁으로 찾아와 노래하는 봄,

속삭임

이월 함박눈이 쏟아지는 날
겨울이 한 움큼 뒤돌아 달려온다
몸은 두둥실 하얀 깃털 되어
하늘을 난다

메말랐던 나뭇가지 끝에
저 멀리 산언덕에
풀었던 치마끈 동여매라고
가지런히 솜이불 덮는다

울렁였던 마음 다소곳이 감추고
살짝 내밀었던 꽃망울 다독여 준다

뒷걸음치던 겨울이
아직은 때가 아니라고
꽃샘추위 몰고 온 이월 함박눈

시선의 끝

대지를 데우는 햇살에
숨 가쁘게 달아오르는 백운대 정수리

한차례 소낙비에 더욱 목이 마르고
흙냄새만 피어오른다

어디까지 가야 이 갈증을 식힐까
바람은 말이 없다
나무에게 뜨거운 숨결만 보낼 뿐,

가뭄 속 꽃대 밀어 피워내는 말간 꽃송이
거친 비바람 찢기는 아픔에도 노래하는 바다
무엇을 찾아 헤매는가

빛 속에서 어둠을
어둠 속에서 빛을 찾는
꿈꾸는 시선의 끝은 어디일까

덥석 잡힌 손을 뺄 수 없듯
흔들리는 마음 뒤로 숨기고
흐린 눈 닦으며 너를 찾아 나선다

큰키나무 야자수

자라고 또 자랐지
하늘빛 바다를 꿈꾸었지

썩거나 부러진 상처
떠밀리듯 무수히 떨어지는 잎새들
마음까지 다쳐 삐걱거리는 몸짓
아픔 모두 삼키며 단단한 옹이를 만들었지

지나가던 바람이 어루만지고
눈부신 햇살이 머물러 주었어
새들도 가끔씩 날아와 놀다가곤 해

눈 감고 서 있어도 올라가야 한다는 생각뿐
머릿속에는 네 생각으로 꽉 차 있었어
옹이계단을 딛고 꿈의 키가 자라나
굵고 튼튼한 나무가 되었지

드디어 파란 별 한 아름 안고
커다란 날개 펼쳐 하늘을 날지, 큰키나무 야자수

노을

엄마 찾아 칭얼대는 어린 아기
따뜻한 가슴 열어 품어 안는다

어디선가 들려오는 엄마의 노랫소리
하늘빛 담은 간절한 눈빛

비 개인 날 저녁노을은
한여름 밤의 뜨거운 열정

빨주노초파남보
살아있어 소중한 날

흘러가는 구름
나뭇잎 사이 숨어 흐르는 무지갯빛 노을
가슴 시린,

가랑잎 어머니

작은 체구의 메마른 그녀
가문 논처럼 갈라진 손에서
바스락 마른 잎 부서지는 소리가 난다

어미 품 서둘러 떠난 이파리들
설레는 마음에 홍조 띤 얼굴
땅에 떨어져 가을비를 맞는다
온몸이 다 젖어도 속살거리며 웃음꽃 피운다

계절은 저물고 황량한 바람이 분다
빛바랜 가랑잎 바스락거리며
깊은 잠의 터널로 들어간다
너를 만나려고
어둡고 차가운 시간을 뒤척이며
어딘지도 모를 험한 길 지쳐 왔다

아지랑이 뽀얀 봄날
어제의 바람 속에 잠들어
대지의 양분으로 스며드는 내 어머니
온몸으로 새싹 감싸 안아
진한 향기로 다시 피어난다

파도를 헤치고

온 힘을 다해 세상 밖으로 몸을 내민다
우주의 자궁에서 생명이 태어난다

아늑한 하늘빛 엄마의 품
까만 눈동자에 별빛이 가득하다

아직 여물지 못한 엄마
자지러지게 울어대는 아기를 안고
해가 발갛게 뜨는 줄도 모르고 밤을 새웠다
아기의 연하디 연한 잇몸엔
젖니가 하얗게 돋아나고 있었다

겨우내 맨살을 드러낸 나뭇가지들
매서운 찬바람 눈보라
그만 손을 놔 버리고 싶다는 울부짖음

찢겨지고 얼어터진 가지에
발그레한 햇살이 가만히 쓰다듬는다

멀지 않을 피어나는 봄을 설레며 기다린다
어둠 속 파도를 헤치고,

한여름 밤의 꿈

꽃밭에 벌 나비 날아든다
암술과 수술
꽃술 입가에 적시며
어느새 통통히 맺힌 열매 하나

비바람 몹시 부는 날
가지 찢기고 휘어져
눈앞을 알 수 없는 아득한 안개 속
한여름 밤의 꿈은 깨어지고
엄마는 안간힘 쓰며 아기를 부둥켜안는다

멀고 험난한 밤길
아이는 아빠 찾으며 칭얼대다 잠이 들고
밤새 울음 삼키는 엄마의 흐느낌 소리

꿈속에서 만난 낯선 아빠
떠나는 아빠 모습에 아이는 눈물 콧물 범벅되어
엄마의 품속으로 안겨들고
달빛이 내려와 가만히 빈자리를 덮어준다

오늘도 꽃들은 다투어 피어나고
벌 나비 분주히 꽃밭에 날아든다
하늘에선 무심한 바람이 분다

흔들리는 도시

도미노처럼 무너져 내렸다
뼈 발라진 생선처럼, 고층 아파트가
철근과 시멘트 덩어리가, 제멋대로 쏟아졌다

내려앉은 잔해 속 아우성과 울부짖는 소리들
검은 구름이 하늘을 뒤덮는다

뉴스는 다투어 목소리를 높이고
대선 후보들의 서로 할퀴는 공방전
자신은 아니라고 손사래 치며
허울 좋은 언어들만 이어진다

가려진 마스크 속에 숨 헐떡이며 탄식하는 사람들
빚더미에 눌려 비틀거리는 사람들
속 빈 강정이 되어 무너져 내린다

밤이 깊으면 먼동이 더 밝아오듯
긴 겨울 지나면 더 푸른 봄이 오겠지

배가 아프다

팔짱 끼고 산책하던 천변 길
물오리 등을 타고 반짝이는 물 빛살

갓 지은 밥솥 뚜껑을 열면
구수하고 향기로운 밥 내음
긴 시간 오고 가던 다정했던 이야기

그가 처음으로 꽃밭 사던 날
나는 칼날 같은 바람을 던지며
눈 흘기고 저만치 뒤돌아섰다

꽃향기 피어나는 주고받던 말들이
어느새 쓰레기통에 버려져 썩은 냄새 풍긴다
구겨지고 찢겨져 먼지를 뒤집어 쓴 말
밤새워 흐르는 눈물로 씻으려 해도
회오리바람에 절룩이며 귓가를 빙빙 돈다

꽃은 피었다가 지고 있는데
오해는 풀어질 듯 다시 꼬이고
머릿속을 하얗게 지우는 말
'배가 아프다'

또 다른 나

거울을 유심히 들여다본다
도무지 알 수 없는 내가 아닌 나

올챙이 피라미 떼 노래하는
맑은 계곡물이다가
폭풍우 불어와 집채만 한 파도로
바다를 삼키기도 한다

꽃향기 날리는 산기슭에 앉아
베르테르의 편지를 읽고
눈보라 몰아치는 언덕에서
목메게 히스크리프를 불러 본다

사랑을 다 한 뒤에
말없이 뚝뚝 떨어지는 동백꽃 되리
보이고 싶지 않은 마음
보이지 않고는 견딜 수 없어
얇은 꽃잎에 덧칠을 한다
향기는 흩어진 채 내 곁을 맴돈다

어느새 하얀 봄꽃들 피어나는 길목
그곳으로 향하는 버스를 기다리며
오늘도 또 다른 나를 찾는다

거울 속의 동백꽃, 노을이 물든다

* 히스크리프: 소설 '폭풍의 언덕'의 남자 주인공

러브콜 love call

나는 가수
사람들이 알아주지 않는 삼류 가수
오늘도 목에서 피가 나도록 노래 연습을 한다

처음으로 무대에 선 봄날
눈은 충혈되고
뜨거운 박수 소리에 심장은 쿵쾅거렸다

저녁노을 스러져가는 길가에서
서툴게 피어난 들꽃
내 안에 불을 피워도 그 향기 산을 넘지 못하고
동그란 입술은 하늘을 보며
독백처럼 꿈을 노래한다

흔들리는 어둠 속
앙상한 날개 사이 가냘픈 들꽃
불에 덴 상처로 그 뜨거움을 간직하듯
두 번째 봄이 피어나길 간절히 기도한다

목마른 가슴 열고
한 줄기 파란 별 되어 노래 부른다

겨울을 이기고 돌아오는 새봄과 같이
러브콜 love call이 오는 그 날을,

숨 멎을까

내 안에서 반짝이는 그대
혼자여도 괜찮아

그대 뒤에 숨어
숨죽인 날 얼마던가
말 한마디 못하고
타들어가는 속마음
그믐밤 어둠이네

북풍 속 광야에 홀로 서서
행여나 그대 올까
시린 발목 다독이네

그림자조차 볼 수 없는
불 꺼진 창
손 안 가득한 바람일 뿐

나의 사랑 다시는 볼 수 없어도
내 안에서 피어나는
하나밖에 없는 그 사람

이 밤 돌무덤 되어
숨 멎을까 두렵네

미모사 아씨들

산언덕 잔디밭
옹기종기 모여 앉은 작은아씨들
너도나도 치마 넓게 펴고 앉아
도란도란 이야기잔치 한창이다

박수치며 고개도 끄덕끄덕
활짝 핀 웃음소리 산비탈 구르고
바람도 덩달아 춤추며 산을 오른다

분홍 화장술로 아름답게 피어난 미모사
지나가던 벌 한 마리 넌지시 손잡으니
언제 그랬냐는 듯 꼭 다문 입술
홍조 띤 얼굴로 새초롬히 옷매무새 만진다

한낮의 다정했던 손길
두근대는 마음 치마폭에 곱게 감추며
차가운 이슬에 서로 어깨 기대는 밤

새아침
오늘도 설레는 마음으로
푸른 날개 펼치는 미모사 작은아씨들

바람은 한곳에 머물지 않는다

단단한 얼음장 침묵을 깨곤
버드나무 끝에 산등성이에 잠시 머물러
하얀 입김으로 봄을 알리는 바람

뜨거운 입술로 속삭이며
가슴에 안겨 설레게 하는 바람

발갛게 노을 물든 단풍잎 등에 업고
구름처럼 피어올라 한 잎 두 잎 춤추던 바람

어느새 눈보라 속으로 파고 들어와
머리에 하얀 눈 함빡 얹어 놓는
살며시 도사리고 여울진 바람

스치고 지나가는 인연처럼
쉬지 않고 달리는 바람
잡을래야 잡을 수 없는 그대의 마음처럼,

2부

하루는 너무 길거나 짧다

가을 비

어머니 눈물이다

살아생전 꽃밭에 꽃모종 심고
초롱에 물 받아 조심조심 뿌리시더니
이 가을 마른하늘
애타는 꽃잎 아쉬워 흘리는 눈물이다

커튼 한 자락 젖히면 하늘이 열리고
창문을 열면 머무는 바람
발걸음 나서니 길가엔
아직 여물지 않은 대추나무
뿌연 안개 앞을 가리더니

어머니 눈물
가을비 되어 내 마음 적시고 있다

도마 위에 핀 꽃

대파를 송송 썬다

낡은 도마 위에 하얀 눈이 내리고
부드러운 눈이 소복이 쌓인다

눈 사이로 파릇하게 새싹이 돋고
제법 푸른 잎이 자란다
봄 향기가 느껴진다

진한 향기에 취해 잠시 눈을 감는다
손가락이 자꾸 뒷걸음치며
불현듯 날카로운 칼날에 베이고
어느새 빨간 꽃
한 송이 두 송이 피어난다

도마 위에
눈도 내리고 푸른 잎 돋더니
빨간 꽃송이 피고 말았다

그 빨간 선혈 속
그리운 어머니 모습

하루는 너무 길거나 짧다

성북동 길상사에 갔다
한복을 곱게 입은 스무 살 자야가 되어
백석을 목메어 불렀다
이루어질 수 없는 사랑이
찔레꽃 향기 되어
참나무 밑에서 바람 타고 맴을 돈다

멀리 하늘을 건너야 한다, 그대를 만나기 위해
숨을 헐떡이며 기우뚱대던 푸른 치마
펄럭이던 날개가 쏜살같이 하늘을 난다
내 몸이 바다에 내리면
그대, 하늘과 내가 한 몸 될 수 있을까

비가 내린다
빗물 어스름 거리에 가로등 불빛
서로를 찾는 그림자는 지쳐 잠들고
버즘나무 살그머니 옷 벗는 소리 들려온다

요란하던 기침도 잦아들었다
아늑하기만 했던 꿈
오늘은 오래 꿈꾸거나 많이 걸었나보다

사랑을 찾아 헤맨 하루는
너무 길거나 너무 짧다

강물은 흐르고

물고기들이 강물에서 놀고 있다

햇살 좋은 가을날
싱싱한 물고기들의 분수 쇼
탱탱한 몸 솟구쳐 올라 보란 듯이 팽그르르 돌며
풍덩 낙하 한다

햇빛 받은 비늘들
무지갯빛으로 반짝인다
파문 그리며 일렁이는 강물

달빛 고요한 밤
늙은 물고기 한 마리 온몸으로 솟구쳐 오르다가
그대로 곤두박질친다
몇 번이고 반복해도 허탕
성성이 남아 있던 비늘마저 떨어져 허연 살 드러난다

다음 날 아침
물고기 한 마리 물 위로 둥둥
강물 따라 흘러간다

강물은 고요히 흐르고
물결은 햇살 받아 반짝인다

남편의 우렁이각시

안방 침대 옆에 나란히 자리 잡은 금고
아담한 키에 곱게 단장하고
입술 꼭 다문 채 다소곳이 앉아 있는 새색시

남편은 혼자서만 열고 닫고 애지중지한다
그 안이 궁금하여
몰래 여섯 자리 번호를 이리저리 꿰어 맞춰 본다
새색시는 치마끈을 더 세게 동여매고
풀어줄 기미를 보이지 않는다

어느 날 남편이 금고를 열고
무언가를 연신 꺼냈다 넣었다 하다가
나를 보고는 놀란 듯 크게 손사래 치며
얼른 금고 문을 닫는다
서운한 마음에 언성 높여 따져 물으니
빙그레 웃으며 하는 말
"저 안에 어여쁜 우렁각시 있지"

아하 그랬구나!
남편은 나 모르게 아방궁 차려 놓고
저리 즐거워했나 보다

봄, 나를 부른다

양지바른 산언덕
애상스러운 애기 쑥이
고개 내밀며 기지개 켠다
햇살에 길게 누운 나무 그림자
앙상한 빈 가지들도
바람에 다소곳이 안긴다

모든 것 벗어 내리고
혼자 떨며 갇혀 지낸 시간들
색 바랜 겨울이 가고 있다

나를 찾아 하염없이 오르던 먼 산등성이
노을빛 붉게 물든 바위산을
한 걸음 또 한 걸음 오르며
시름 묻어 둔 산자락마다 켜켜이 쌓여 있던 긴 사연들
두터운 낙엽이불 걷어내며 안부 묻는다

계곡은 얼음으로 빗장 채워도
남풍 한 자락에 가슴 속 응어리 녹아
진달래 한 송이
내 마음에 환히 피어나겠지

어머니의 고무신

댓돌 위 얌전히 놓여 있는 하얀 고무신 안에
햇살이 살포시 들어와 앉는다

어머니 모시고 투석透析 하고 와
방에 겨우 눕혀 드리니
휑하니 큰 방에 서늘함이 가득하다
"네 할 일 다 했으니 어여 가거라"
말씀 대신 힘없이 손사래 치신다

약한 몸으로 두 아이 키우는 막내딸이 안쓰러워
먼 길 마다않고 돌봐 주시던 어머니
발걸음 차마 떼지 못해 다시 주저앉곤 하셨지

이제는 병들어 힘없는 몸
홀로 남긴 채 나오는 발걸음 뒤돌아보면
여전히 퀭한 눈망울로 힘든 손사래

무슨 말씀 하고 싶었을까
"가지 마라 내 딸아" 속으로만 뇌이셨겠지
하얗게 바래진 세월 속에
손발이 닳도록 힘들고 험한 길 걷다 가셨지

오늘도 그리운 어머니의 하얀 고무신

네잎클로버

달콤한 바람이 뺨을 스쳐간다

풀밭에 무릎 세우고 앉아
소곤대며 웃고 있는 풀잎들

무성한 초록 잎 속으로
고개 돌려도 숨고 싶어도
마주친 내 눈에 소스라친다

목을 길게 잘린 네잎클로버
소나기가 쏟아진다
너도나도 도망치듯 비를 피한다

네 안에 감추어진 작은 너
흐릿해진 얼굴로 서성이는 슬픈 눈빛
내가 네 손을 잡지 않았다면
지금쯤 은방울 매달고 휘파람 불고 있겠지

창문 밖에는 천둥 번개
요란하게 비가 내린다
쓸쓸해진 입술은 입을 다물고

책갈피 안에서 뜨거웠던 몸을 식힌다

벌 나비 날아드는 달콤했던 그 기억
행운이라는 꽃말
잊지 않으려 서로 어루만지며
마주 손잡는 네잎클로버

풀잎 위에 구르는 개구리 울음소리
바람 한 자락 흔들린다

쉬어가는 반 박자

웅크린 하루가 저물어 간다

하루일 끝내고 집으로 가는 길
깜빡거리는 건널목 녹색등
조바심 내며 건너려던 발걸음 문득 멈춰 선다

고개 들어 높은 하늘 쳐다본다
마음은 이내 넓은 바다가 되어
서산 너머 붉은 노을 함께 흐른다

유모차 밀고 가던 아기 엄마 쌩끗
아기도 눈 마주치며 빵끗
마음속 꽃 한 송이 피어난다

숨 가쁘게 건넜으면 아무것도 볼 수 없을 일
가도 가도 끝이 없는 길
멈추어 쉬어가는 반 박자

흰 눈 속에 핀 꽃

붉은 동백꽃이 피었다
흰 눈 속에 피었다
검푸른 잎사귀에 소복이 쌓인 눈

검은 치마 흰 저고리
나라 찾기 앞장서는 어린 소녀 유관순

일본군 총탄에 부모 잃고 동지도 잃고
피눈물로 범벅된 두렵고 떨리는 가슴
옷고름으로 깊게 감춰 여미며
독립 만세 외친다

만세 함성 속에 불꽃이 되어
피어나는 동백꽃
핏빛 물든 동백꽃

그렇게 시작되지

노을에 반짝이는 커다란 바위
사람들은 아름답다고 부러워하지

무지갯빛으로 생각되진 않아
목줄에 매여 갇혀있는 모습
이름은 잃어버릴지라도
어디든 떠나고 싶어
과적된 나를 조금씩 버려야 해
구멍 뚫린 배는 바다로 가라앉지
산 아래를 천천히 내려다봐
그동안 안 보였던 세상이 보여
모든 게 신기하지

한 귀퉁이 떨어져 나온 돌멩이
이 사람 저 사람 발부리에 치이며
상처투성이 몸이 되었어
그래도 괜찮아
원하던 거잖아
마음 내키는 대로 여기저기 다닐 수 있어
발돋움하고 두리번거려봐
담을 수 없던 사랑한다는 말

마음껏 할 수 있어
무지갯빛 하늘이 보여

어색하고 낯설고
모든 새로움은 그렇게 시작되지

너를 만나려고

누군가를 사랑한다는 것은
마음속에 눈물을 차곡차곡 쌓아두는 일

과거였다가 내일로 흘러가는
한 장 남은 달력 12월은 말이 없다

꽃이 되었다가 바람이 되고
구름이 되었다가 비가 되는,

꽃을 손 위에 얹고
천천히 조심스레 걷는다
초조한 걸음은 점점 빨라지고
활짝 피어난 꽃잎은 나풀대며 허공을 난다
꽃은 피고 지며
시든 꽃잎은
다시 새로운 꽃잎으로 피어난다

너를 만나려고
나는 어디까지 와 있는 것일까
겨울의 한복판에 서서
바라만 보고,

멀어져 가고,

어느새 날이 저물고
펄펄 눈송이가 하늘을 난다

손등을 보며

손등을 펴고 가만히 들여다본다

어릴 적 뛰어놀던 개구쟁이 골목길
깔깔대던 웃음소리
작은 시냇물과 강물
그리고 넓은 바다가 보인다

바다를 포기하지 못한 실개천
언젠가 다다를 수 있다는 생각에
비록 낯선 길일지라도 돌아 흐른다
달빛 머무는 밤
폭포가 되어 서로 부둥켜안고 울음 토해내던,

모든 바람에 펄럭이고 휘청거릴 수는 없어
머물지 않고 흐르는 강물
너는 너대로
나는 나대로
유유히 흐르는 길목에
햇살처럼 빛나던 순간들

시작과 끝을 알 수 없는 바다
온몸 부서지며 다져진 시간의 줄기
겹겹이 사연 묻힌 주름에는
골마다 마디마다 푸른 바다 출렁인다

임산부 2월

산 여울 버들가지 움트는 소리
봄을 잉태한 만삭의 임산부

배가 한껏 부푼 엄마는
태어날 아기 준비에 설레고 분주하다
찬바람 재우고
살얼음 낀 흙 토닥이며
따뜻한 숨을 불어 넣는다

아기들은 눈을 빼꼼히 뜨고
세상 밖이 궁금하기만 하다

아직은 나갈 때가 아니라고 타이르지만
작은 손을 살짝 내밀어 본다
마침 지나가던 폭설이 아기 손을 덥석 물자
그만 놀래어 엄마 배 안으로 다시 파고든다

부푼 배를 감싸 안으며
출산의 봄을 기다리는 임산부 2월

그렇게 내게로 왔지

그 겨울 시린 가슴
부드럽게 감싸주던 목련꽃 솜털처럼
한 줄기 햇살로 내 곁에 다가왔지

가는 줄기에도 바람 불어
달빛에 젖으며 밤새워 흔들렸지

거친 발걸음에 치이며 찢긴 살갗
가쁜 숨 몰아쉬며 메마른 가슴
마른 풀잎 사이 피어난 작은 꽃

가뭄 속 봄비에 촉촉해진 얼굴로
반짝이는 맑은 눈망울

발톱처럼 무디고
창백한 내 마음에 피어난
수줍은 분홍빛 꽃 한 송이
그렇게 내게로 살며시 다가왔지

내리사랑

팔 개월 된 어린 손녀
업어주고 안아주며 종일 놀아준다

어둠이 어깨 위로 내릴 때
눈에 익은 외할머니 떠난다고 울어대며
현관까지 기어 나와 치맛자락에 매달린다
떼어놓는 발걸음마다
입가에 번지는 흐뭇한 미소

야윈 어깨 막내딸이 안쓰러워
두 아이 돌봐 주시던 어머니
떨어지기 싫다고 외할머니 품에 안겨
한바탕 출렁대던 네 살 손자의 울음바다
술래잡기하자며 눈 가려놓고
숨죽이며 내달음치던 어머니
흐린 가로등마저 없는 가난했던 골목길

지금 중년이 된 손자는
그 온기 기억이나 할까
할머니 떠나보낸 그 자리에 엄마를 앉혀 놓고
짐짓 모른 척 성큼성큼 걸어간다

반짝이는 별이 되어 웃고 계신 어머니
사랑은 언제나 내리사랑

마음 자르기

거울을 본다
들쑥날쑥 제멋대로 헝클어진 마음
울음 쓰다듬으며 거울 앞에 앉는다

"한 뼘만큼만 잘라 주세요"
조금씩 잘려져 가는 머리카락
입에 넣고 곱씹던 기억들을
싹둑싹둑 가위질한다

울렁였던 파도가 점차 잠잠해진다

말끔히 정리된 책상처럼
단정하고 짧은 머리
온화한 웃음으로 미용실을 나선다

길

어디가 하늘이고 어디가 땅일까
어디로 걸어야 바른 길일까

바람에 실려 발길 닿는 대로 걸어 보아도
네 마음은 내 마음 같지 않고
메아리 된 소리들

어제는 밝은 길 꽃길
오늘은 어른거리는 그림자 뿐
색 바랜 쓸쓸한 낙엽으로
또 다른 오늘이 포개든다

지나간 시간을 되돌릴 수는 없지만
인연의 사슬 속에서
내일은 또 어느 길을 서성여야 할까

짙은 안개 속을 헤치고
햇빛 찾아 걷고 또 걷는다

바람이 한곳에 머물지 않듯,

생각하는 마음

날개 돋친 듯 팔려 나간다
누구나 쉽게 사용하고
누구나 쉽게 버린다
어른 아이 할 것 없이 어디서나 쓰는 물휴지

어느 날
젊은 엄마들의 몸서리치는 아우성
아기 입과 얼굴 손 닦아주는 물휴지에서
흉악한 살균제가 나왔다

많은 사람들이 숨 막혀 죽어갔던 가습기 살균제
아직도 가슴에 흥건히 눈물 고여 있는데
또다시 가시 품고 나타나 포로로 만든다
양심 팔고 이익만 생각하는 장삿속 기업들

습관처럼 쓰는 물휴지 재료는 플라스틱
썩으려면 수백 년
더 잦아지는 산불, 가뭄과 홍수
곳곳이 절룩이며 신음하는 지구

옹알옹알 침 흘리는 아기 입
이것저것 만지는 호기심 가득한 손
웃음으로 닦아주는 자연 섬유 면수건

또다시 빨아 삶아 햇볕에 말린다
연둣빛 바람에 나부끼는 하얀 손수건
미래 세대 생각하는 마음들이 펄럭인다

3부

어머니의 극락

바람에게 전하는 가을 노래

아기의 홍조 띤 얼굴 닦아주던 엄마
서로 눈 마주치며 웃던 사진 속 날들
기억도 가뭇한,

단풍잎 바람 타고 가을 노래 부를 때
손바닥만 한 뜰 안에 옹기종기 모인 화분들
쪽빛 하늘에 얼굴 씻는 노란 국화 되어
빛과 향기 종일토록 눈에 담으셨지

그 향기 못 잊으셨을까
찌든 체취 하얗게 지우고 꽃이불 곱게 덮은
가을꽃처럼 웃고 계신 영정사진 속 어머니
인사도 없이 서산을 넘으셨지

마른 갈꽃 사이로
개망초 금계국도 시들어 고개 숙이고
쑥들은 계절을 잊은 채 무리지어 손을 흔든다

나는 얼마나 먼 길 걸어왔을까
뼈마디 부석부석 몸을 허물며
먼지 낀 날들을 허둥대며 털어낸다

이른 겨울이 오고
낯익은 고향으로 흘러가는 물결
바람도 강물도 머물지 않고 한 걸음씩 뒤따라간다
어머니 가신 쪽으로,

어머니의 극락

햇살 좋은 봄날
봄 시샘하던 바람도 졸고 있는 한낮

물기 바짝 말라 누워만 있던 어머니
오랜만에 툇마루 나와 기대어 앉으신다

마당에서 깔깔대며 뛰어노는 어린 손자들
무채색 그늘이 덮여 있던 어머니 얼굴
잠시 환해진다

"어머니 오늘은 좀 어떠세요?"
"지금 여기가 극락이지"

무궁화 꽃이 피었습니다

눈치 살피며 꿈쩍하지 않는다

우리 집에 붙들려온 전복들
좁은 아이스박스 수술방 안에서
젖은 미역을 베고 죽은 듯 누워 있다

꾹꾹 눌러봐도 시치미 뚝 떼고
시커먼 입을 꾹 다문 채 말이 없다

"무궁화 꽃이 피었습니다"
입술 씰룩씰룩 거품 잔뜩
비좁다고 어깨 툭툭
이리 밀고 저리 밀며 저들끼리 싸운다

그만 술래에게 들키고 말았다

기다리는 마음

새잎 돋아난다
꽃망울 한껏 부풀어 가고
꽃잎의 웃음
바람 타고 퍼져 간다

환희의 순간은 잠시
뜨거운 용광로 위에 강한 빗줄기 쏟아지고
꽃잎은 산산이 찢겨져 방향 잃고 흩어진다

차마 한 걸음도 다가가지 못하는 마음
빈 가지만 나부껴
갈 길 잃고 나뒹구는 낙엽이 된다
빗줄기는 굵어지고
골목마다 서성이는 당신 목소리
젖은 발 감싸지 못한 채 밤길을 헤맨다

홀로 견디는 목 메인 맨밥은
쏟아지는 흰 눈이 되어
머리 위에 꽃잎으로 하염없이 나부낀다

떠난다는 것은 다시 만날 약속
아무리 먼 길을 떠나도 다시 돌아오리라

바람결에 들려오는 당신의 발자국 소리

봄 뜨락

태탱해진 엄마의 젖가슴
아기는 허겁지겁 치달아 젖을 빤다

어느새 잠이 든 아기
젖꼭지를 놓쳐 버린다

엄마도 깜빡 조는 한낮
조그만 입술에 젖이 흘러 떨어진다

젖내가 달금하게 퍼지는 이른 봄 뜨락
하얀 매화 사랑으로 피어난다

배롱나무꽃

빨갛게 타는 가슴
긴 목 빼고 하염없이 기다린다

기다리다 지쳐 그만 눈물 뚝뚝 떨구던 날
핏물 얼룩진 꽃잎들
불러도 닿지 않는 이름

혹시나 그대 오실까
또다시 아롱아롱 섧게 피어나
두 팔 가득히 허공을 품어 안는다

바람이라도 불어와 이 마음 전하면
너를 만날 수 있을까

아득한 오후
사슴의 눈망울로 붉디붉게 물든다

어머니 목소리

어머니 사셨던 시골집
형님 댁에 들렀다
식사하고 가시라고 형수님이 붙드신다

잠시 마루 끝에 누워 팔베개 하니
꽃향기 머금은 오월의 바람이 스친다

부엌에서 들리는 나무도마 두드리는 소리
옛날 어머니가 들려주던 정겨운 그 도마소리

"얘야 짠지 맛있게 무쳤다 밥 먹어라"
어디선가 들려오는 어머니 목소리

발끝에 노란 나비 한 마리
사뿐히 날아 앉는다

손자의 첫 신발

어색하고 신기해 한참을 만지작거린다
세상 나와 처음 신는 신발
무서워 걷지 않으려 떼쓰는 작은 마음

뒤뚱뒤뚱 앙증맞은 발
저 발로 얼마나 많은 길 걸어갈까
활짝 핀 봄꽃처럼 가뿐가뿐 오솔길
울퉁불퉁 비탈길 산길도 만날 거야

네가 가는 길
평탄하고 쉬운 길이면 좋으련만
지름길만 찾지 말고 돌아도 가고
넘어지고 힘들 때는 쉬어가는 구름처럼
잠시 신발 벗고 앉아
꽃향기도 맡아 보고 푸른 하늘 쳐다보렴

아가야
비바람 불고 눈보라 쳐도
굴하지 않는 발걸음으로 씩씩하게 걸어가렴
할미가 바람막이 되어줄게
네 손 꼭 잡아줄게

다시 동백꽃

빛바랜 사진 속
철모르고 피어나는 개나리 진달래
까르르 구르는 웃음 갈래머리 소녀들

입술 다물고 오래 잊고 지내던 시간
한겨울 건너와 부푼 꽃망울 활짝 열고
인사동 찻집에서 피어난다

희, 옥, 숙, 경 반짝이던 눈망울로
푸른 계절을 꿈꾸었지

긴 시간 하루같이 함께 보내던 그곳에도
바람 불고 강물이 흘렀다
젖은 언덕, 눈에 익은 골목들
웃고 울던 기억의 갈피에 떨어진 동백꽃
어디에서 피어 언제 졌을까

무심코 두드린 저 길에
뼛속까지 찬바람 스민다
절룩거리며 먼 길 헤매고 돌아온 지금
잘 마른 무청이 된 친구들

어지러운 이별에도 말없이 물결을 재우는 숲

큰 산 넘어 이슬 털고 내려와
서로를 위하여 노래 부른다
목마름 채워주는 마중물 된다

다시, 빛 고운 동백꽃

양말

어쩌다 짝이 되었을까
같은 날 세상에 태어나
얼굴 한번 못 본 채
떨리던 첫날 밤 잊을 수 없네

당신과 함께 첫발 내딛던 날
하늘은 높고 햇빛은 눈부셨지
바람도 온화한 숨결로 우리를 반겼네

눈바람 세찬 날에는 입김 불어주며
지치고 찌들어도 서로를 다독였지
아무리 먼 길을 가도 우린 함께였네

그러나 걸을 때나 일할 때면
만질 수도 안을 수도 없고
그저 바라만 볼 뿐,

얼마나 걸었을까
몸은 낡고 찢어진 상처만 늘어
버림받은 너

네가 없으면 나는 혼자 남을 까닭이 없어
아픈 당신 등에 업고 길 떠나네
"함께여서 고마웠어"
"귀하고도 소중한 내 짝"

돌아올 수 없는 강

얼음가슴 서걱거리던 그 겨울

"애야 어서 옷을 벗으렴"
군대에서 휴가 나온 큰아들이 집에 들어오자마자
어머니는 속옷부터 겉옷까지 빨아 삶는다
솔기마다 숨어있던 이蝨들이 길을 잃고 허둥댄다

먼 곳으로 날아가고 싶은 마음 접고
스스로 날개 잘린 새가 되었다
장남이라는 무게에 짓눌려 허기진 날들

노래하고 웃던 짧은 봄날 뒤로 하고
머리 희끗한 노인이 되어 병상에 누워 있다
모든 것 내려놓은 말간 얼굴
꺼져가는 눈빛 속에 환한 미소
다시 만날 것을 약속하며 마지막 인사 나눈다

돌아올 수 없는 강 앞에서
햇살인지 구름인지 모르는 웅얼거림
어머니를 부르는 가녀린 휘파람 소리*
강 저편에서 다정히 두 팔 벌리시는 어머니

여전히 바람은 불고
꽃이 피고
강물은 무심히 흐른다

* 오빠는 청소년 시절 휘파람으로 노래 즐겨 불렀음

겨울은 길고

허물어진 담장 옆 고사목 한 그루
토막 난 몸뚱이
한겨울에 기대어 안절부절 움츠린다
잠시 걸쳤던 흰옷마저
햇살 비추자 눈물 되어 흐른다

바람은 싱싱한 머릿결 어루만지고
부드러운 팔에 안기어 새는 노래 불렀어
달콤한 시간은 한없이 흘렀지

비바람 몹시 불던 날
몸이 휘청거리고 그만 정신을 잃었지

몸은 점점 물기 없이 마르고 버짐이 피어
향기로운 잎도 꽃도 피울 수 없네
이제는 빈 몸뚱이

흔들리는 달빛 아래
당신 머물다 간 자리
꿈결인 듯 희미한 웃음
가뭇한 기억만이 제 자리를 지킬 뿐,

흰 눈이 내린다
갈라지고 부서진 몸 소복소복 감싸준다

긴 겨울 지나 따뜻한 바람 불면
내 몸에도 물오르고 가지 뻗을까
푸른 잎 돋고 꽃 피는 봄은 오려나

스며드는 날

봄비가 촉촉이 내린다
감은 눈 살며시 쓰다듬고
귓가를 간질인다

빗물 털며 일어서는 풀잎들
싸리나무도 분홍빛 아련한 기억 매달고
꽃을 피운다

목말랐던 나무들
깊게 숨을 쉬며 기지개 켜고
일제히 일어서서 인왕산을 오른다
산봉우리 봉우리마다 초록빛 물들인다

부드러운 미소로 스며드는 햇살
눈물 젖은 치맛자락 넓게 펼쳐준다
임 향한 그리움에 오백 년 붉게 물든 치마바위*

활짝 핀 오월
가슴마다 봄꽃으로 피어나
마르지 않는 향기로 스며드는 붉은 사랑

* 치마바위: 조선 반정 공신들의 압력으로 폐서인이 된 단경왕후와 중종의 애틋한 그리움이 담긴 인왕산 정상에 있는 바위

재*

창밖은 어둠 속 깊은 바다
잠 못 이루는 밤은 길기만 하다

한낮의 고단함을 넘지 못하는 망우忘憂재
삼류 까페는 네온사인 물결 아래
손님 끌어들이기에 바쁘다

뜨거운 태양의 짙푸른 여름도
한숨 하얗게 바래진 겨울도
시간 속에 묻혀버릴 나의 자화상

예순 살 빛바랜 사랑
정신과 육체는 점차 스러져 가쁜 숨소리
그대 향한 마음은 안개 속에 감춘 채
아직도 재를 넘지 못한다

새벽 기지개 소리 들리는데
밖은 여전히 잿빛
혼자 작은 촛불을 켜며 사랑의 노래 부른다

그는 어디쯤 오고 있을까
나는 여기 있고
그는 거기 있다

*재: 고개의 순우리말

등천왕생登天往生

엄마의 온몸이 부서진다
아기가 무사히 나오길 이 악물고 힘을 준다
힘찬 울음소리 들리고
온 가족이 기쁨의 노래 부른다

이 세상 떠나는 길
누구도 알지 못하는, 알 수 없는 저승
떠나는 사람이나 보내는 사람이나
두려움에 눈물만 하염없이 흐른다

제주도 본태 박물관
'피안으로 가는 동반자'
누군가 기다려 주지 않는 어둠길
꼭두의 행렬이 앞장선다

인물 동물 꽃과 나무 모양의 꼭두들
저승으로 가는 마지막 동반자
시중들며 웃음 주는 시종, 광대 꼭두
가난하고 비천했던 사람들과
봉황 꼭두가 날개 펼치며 함께 한다

살아 있을 때 이루지 못한 꿈
죽음 길에라도
아름다운 꽃과 화려한 새로 보내고자 하는 마음

나부끼는 깃발처럼 편히 가기를
남겨진 사람이 위로받고자 하는 바람

언젠가 나도 가는 길
무덤 위 아지랑이 어른거린다
모두가 꿈꾸는 등천왕생이다

4부

그대는 누구인가요

아침의 단상斷想

아침 햇살 바람에
날리는 벚꽃들
안경 위에 한 잎 사뿐히 앉는다

세상이 꽃잎 되어
온통 분홍빛으로 물든다

피어나는 아침입니다

똑똑똑
두드려 봅니다
너에게 아침 인사를

뜬 눈으로 하얗게 밤을 새워도
쉽게 안겨오지 않는 너
밤새 소리 없이 찾아온 봄비처럼
그리운 마음은 달려갑니다

창가에 매달린 빗방울들
반짝이는 눈망울로 나를 흔들며
팔 벌려 다정한 인사 건네옵니다

저 멀리 산안개 피어올라
연둣빛 바람에 실려 온 꽃 한 송이
마음속에 환히 피어나는 아침입니다

똑똑똑
오늘도 두드려 봅니다
너에게 아침 인사를,

그대는 누구인가요

새벽녘 창문 두드리는 이 소리
누구인가요

비바람에 마음까지 온종일 흔들리고
혹시나 하는 마음
창문을 활짝 열어둡니다
바람 타고 날아드는 이 내음
그대 향기인가요

꽃은 피고 지는데
푸른 잎들이 넓은 손으로 내 눈물 닦아 줍니다

여전히 그대 속에 갇혀 있는 나
내 안에만 가두고 싶은 그대
닿을 수 없는 먼 거리
굳은살 배긴 단단해진 외로움으로
손 흔들며 가야 할 때

빗방울 털며 아지랑이 피어오릅니다
이제는 마음껏 찾아오는 허기
어제의 나에게

흰 국화 한 송이로 조의를 표합니다

어제의 네가 있기에
오늘 내가 있는 것
그대는 누구인가요

엄마

난생처음 엄마와 헤어진 두 살 아기
동생 낳으러 간 사실을 까맣게 모른 채
외할머니 집에서 낮 동안 생글거리며 놀았다

밤이 되자
눈물 콧물 범벅된 울음
긴 겨울밤 숲속의 새들을 다 깨웠다

긴 긴 밤이 하루하루 지나갔다

아빠가 불현듯 나타난 어느 날
아기 돌고래 되어 꺅꺅 소리로 반겼다
그립던 집에서 익숙했던 장난감 놀며
잘 익은 복숭아 얼굴로 단맛이 돌았다

또다시 밤이 되자
잠시 잊었던 엄마 생각에
온몸 출렁이며 바다 뒤흔드는 뱃고동 소리
이리저리 부딪히고 부서지며
배는 빨간 등불 매달고 밤새워 바다에서 출렁거렸다
그리움과 눈물 속에 새벽 바다는 안개로 가득했다

가슴에 메이는 이름
내려놓을 수 없는 이름 ‘엄마’
어떤 불똥이 튀어도 자존심 따윈 버리고
내 곁을 지켜주는 엄마

아기에게 엄마는 온통 우주였다

아기 새야 날아오르렴

봄의 웃음이 활짝 피어 오른 날
라일락 향기 바람 타고 흐른다
탐스런 꽃망울이 보랏빛 보석이 된다

별안간 돌개바람 몰아치고
밀려오는 바람에 가슴 뚫린 아기 새
그만 차디찬 바닥에 떨어져
숨을 할딱거린다

따뜻한 봄날에 웬 바람일까
무릎을 세우고 일어서야지
한발 한발 씩씩하게 걸어가야지

아가야
개나리 진달래 벚꽃이 지면
라일락 아카시아 장미꽃이 피잖아
또 다른 봄이 온단다

더 높이
더 멀리 날 수 있단다

헝클어진 깃털 곱게 세우고
아기 새 한 마리 날아오른다
꿈을 찾아 높이 날아오른다

창밖의 그 꽃

오늘도 어김없이 그를 기다린다
아침이면 다가와 눈 마주치는 그대

비 오는 밤거리에 홀로 있어도
아침이 오면 그의 한 마디에
불타는 가슴 숨죽이며 피어나는 스무 살 처녀

내리는 빗물에도 목말라
그대 손길 기다리며
길게 목 빼고 종일 울던 여섯 꽃잎

혹시나 잊었을까

기둥에 가려져 까치발 동동대며
허리 구부려 노란 얼굴 내민다
충혈된 눈으로 창문만 바라보는 원추리꽃

문 열고 다가서는 그대 그윽한 눈길에
비로소 꽃이 된다
창밖의 그 꽃,

마음 향기

숲길로 들어섭니다

나뭇가지 바람에 흔들립니다
내 마음도 덩달아 흔들거려요

마주친 고라니
순하고 맑은 눈망울
내 마음도 잔잔한 호수 닮아가네요

당신, 좋은 일만 생각할게요
입가에 미소가 저절로 번집니다
불어오는 바람에 꽃향기 날리면
그대 마음인 줄 알게요

가슴에 그 향기 젖어들면
말갛게 노을 지는 가을 오솔길
손잡고 다정히 함께 걸어요

가을을 보내며

가을 끝자락
은행잎 수북한 노란 산길을 걷는다

은행잎 이불 덮고 누워 파란 하늘을 본다
햇살이 듬뿍 입을 맞추고
포근하게 스며드는 엄마의 품속

엄마가 이불 호청 말갛게 빨아 바느질하면
언니와 나는
노란 이불 위를 뒹굴며 놀았지
눈 흘기며 웃으시던 엄마의 모습

바람 불어와 물들던 무지갯빛 설레임
언제나 그 자리에 머물 것만 같던 시간들
이제는 하나씩 내려놓으라고
창백한 그림자 길게 드리우며 우수수 날리는 은행잎

파란 하늘에 홀로 젖어있던 까치밥 홍시
떠나는 가을 붙잡으려는 듯
가냘픈 나뭇가지 움켜쥐고 매달린다

풀잎에 내려앉은 새벽 서리처럼
하얗게 떨고 있는 가을 향기

멀리 산 정수리에서 내려오는 겨울이
희끗희끗 손을 내민다

괜찮아

신나게 돈다
외발로 미끄러질 듯 서커스하며
팽글팽글 돌며 춤을 춘다

매끈한 몸매와 환한 미소
많은 사람들 갈채 속에 춤추었지
영원할 것 같은 빛나던 시간들

숨이 턱까지 차오른다
머릿속에 가슴 벅찬 순간들
이제는
아무리 애를 써도 버틸 수가 없다

쉬어가야 하는데
지켜보는 눈길이 두렵다
멈춰버릴 자신이 더 두렵다

웃음 속에 가리어진 어두운 마음
멈춰서 하늘을 본다

'괜찮아 그동안 많이 애썼어'

지나가던 바람이 토닥여 준다
햇살도 발그레 웃어 준다

써지지 않는 시

어깨와 등이 아프기 시작했다
조금만 고개를 숙여도 쑤셔 왔다
지난번 스승님께
회초리를 한 차례 맞고부터였다

아무리 시詩를 써 보려 달래 보아도
바람 든 무처럼 퍼석거린다

늦은 가을만 되면 열병처럼
안개비 내리는 뮌헨의 슈바빙 거리를 헤매었다
차가운 수은등 아래
뜨거운 커피를 마시며
전혜린*과 함께 젖은 시간을 견디며 지내야 했다

늦어도 11월에는 눈 내리는 겨울을
애타게 그리워했다

머릿속에는 낙엽 타는 소리가 퍼지고
등불을 밝힌 채 새벽이 환하게 밝아오고 있었다

*전혜린: 수필, 번역문학가

위로

산언덕에 자리 잡은 커다란 바위
세월에 깎이고 씻겨
한가운데 깊게 드러난 상처
낮빛조차 어둡게 변해 있다

지나가던 바람이 다독여 준다
그래도 안쓰러워
애어린 진달래 한 그루 심어 놓는다

나무는 어느새 둥지를 틀고
바위는 예쁜 아가들을 안고 미소 짓는다
상처 위에 올망졸망 피어난 분홍 진달래꽃

그제야 안도의 숨 몰아쉬며
산언덕을 넘어가는 바람

저물지 않는 꽃

태양이 핏빛으로 물드는 날들

노인 컴퓨터 초급반 교실
아쉬운 숨결로 모여든 꽃잎들
쏟아내는 맑은 물에 흐릿해진 눈을 닦아낸다

정성스레 뿌려주는 단물
목말라 고개 들고 받아보지만 마음뿐
초점 못 맞추는 머리는 자꾸 기우뚱댄다

어른거리는 낯선 부호들
바람 빠진 귀를 쫑긋 세우고
놓칠세라 주문 외우듯 자판을 더듬거린다

초롱초롱한 눈망울로 피어나던 그 때도 나는
눈물 적시며 서 있지 않았던가
소나기 양철지붕 두드리는 떠들썩했던 시절도 묻고
마디마디 힘 있게 줄기를 세워본다

애태우는 노을처럼
오늘 밤도 앞서거니 뒤서거니 그림자 함께

땀방울 흘리며 천변을 달린다
웃음 짓는 꽃잎이 되어
저물지 않는 꽃이 되어,

따뜻한 신발

한겨울 새벽
엄마는 밤새 얼은 신발들을 부뚜막에 옮겨 놓으셨다
부뚜막에 옹기종기 올라앉은 신발 가족

아침 되자
얼은 몸 녹이며 하나둘 셋 넷
불려 나간다

아버지 구두를 시작으로
오빠들 언니 운동화가 바쁘게 뛰기 시작한다
신문사 은행 학교로
온종일 식구들 업어 나르느라 정신이 없다

낡은 신발은 빗물에 흥건히 젖고
눈길에 미끄러졌다
온통 흙투성이 상처에 울기도 했다
엄마는 눈물 닦아주고
찢어진 상처 꿰매 주셨다

추운 겨울 한 번도 부뚜막에 올라간 적 없는
엄마의 그 신발

어느덧 나의 바람막이 되었다
미로迷路 같은 세상
당신의 손을 잡고
한 걸음 한 걸음 환한 길로 나아간다

흐르는 강물은 반짝인다

오래된 작은 골목 안
풋사과 베어 물고 웃음꽃 피우던 따스한 얼굴들
어렴풋 기억 속
어린 시절 깨알 같은 비밀들이 담벼락에 숨어 재잘댄다

학교 문방구 앞에서 장미꽃 한 다발 들고
아이들은 손뼉을 쳤다
"멋진 노래를 쏘아 올려 봐"

신발은 점점 커가고
새 구두가 반짝거렸다
열매 몇 개쯤은 딸 수 있다는 생각에
무지개 바다를 찾아
파란 하늘로 날아오르는 풍선들

낡은 사진관 앞 노을에 물드는 사진처럼
어디가 끝인지 모르는 거리를 서성이며
어른이 되어가고 있다

멀리 푸른 종소리 들리는 날
햇빛 너울대며 내게로 오는 엽서 한 장

그날을 기다려야 해
머루 알이 톡톡 붉어지는 그 날을,

사랑스러운 새날들이
흐르는 강물에 반짝이는 그 날을,

부모

떫고 비리던 젊은 날
커다란 푸른 꿈만 가득했지

비바람 태풍에 온몸 흔들리고
천둥 번개에 가슴 졸이며
땡볕에 굵은 땀방울 흘려도
피어나는 꽃처럼 달콤한 내일을 기다렸지

하늘 높은 가을날
눈부신 햇살에 붉게 물들며
탱탱하고 달콤하게 익어간 열매들

찬란했던 시절은 가고
빈 가지와 줄기만 남아
묵묵히 품어주는 대추나무 한 그루

기도하듯 서 있는 큰 나무
촉촉하게 저무는 노을

숲속 뮤지컬

가을바람이 숲을 여는 개울가
무심히 서로를 바라보는 물속의 돌멩이들

툭!
빨간 단풍 아가씨
맑은 개울물에 사뿐히 내려앉는다
작은 파문 그리며
빨간 드레스 아가씨 여기저기 인사한다
술렁대는 물결, 크고 작은 얼굴들
호기심과 반가움에 눈을 반짝인다

개울물 하늘거려 장단 맞추고
돌멩이들 들썩들썩 어깨춤에 노래 부른다
단풍 아가씨 웃음으로
활짝 물드는 날

나도 따라 목청 높여 메아리 불러본다
바람도 신나는 숲속 뮤지컬

태극기

높은 산꼭대기
선명하고 굵은 선 펄럭이며
당당히 하늘을 우러러 봅니다

씩씩하게 땀 흘리며
높은 산 오르는 이들을 품에 안고
계곡 따라 달리는 우렁찬 소리
시원한 물줄기도 내려다 봅니다

별님 달님과 친구하며
하늘에 닿는 꿈을 꾸어 보고
청량한 새벽이슬 맞으며
기쁨에 희망찬 노래도 불러 봅니다

혹독한 눈보라 살을 에이고
바람과 빗물에 젖어
아픔과 외로움에 떨기도 합니다

긴 세월 속
낡고 바래진 몸일지라도
날마다 새 힘을 모아서

백두산 정상에서 힘차게 펄럭이는
태극기가 되렵니다

다시 고향으로

여름이 식어가던 날
한 송이 꽃 힘없이 떨어지고
새들은 목 놓아 울며 산을 오른다

닫아버린 무거운 눈꺼풀
힘들었던 날들 마침표 찍으며
창백한 얼굴에 화관을 쓴다
안녕!
인사하는 마지막 모습

낯선 흙 속에 몸을 뉘이고
봉분을 쌓는다

그곳에도 비가 오고 눈이 오고
바람도 불고 햇살도 비추었다
식어버린 심장에 떨어진
갑작스러운 아들의 죽음
누가 알랴
슬픔으로 조각난 어머니의 마음을,

진달래 분홍빛 물들던 날
정들었던 산소는 파묘가 된다
얇은 살갗은 대지에 스며들고
단단해진 기억 속에 잠들어 계신 어머니

'나의 살던 고향은 꽃피는 산골'*
어릴 적 뛰어놀던 산언덕
한줌의 하얀 가루가 되어
다시 고향으로 돌아온 어머니

산 벚꽃 하얗게 노래 부르며
눈송이 되어 날리고 있다

* 가곡 '고향의 봄' 인용

아픈 손가락

살바람 햇살 좋은 봄날
하늘 향해 옹기종기 웃음꽃
노란 꽃망울 산수유 꽃가지들

응달에 서 있는 앙상한 한 그루
꽃눈조차 피우지 못하고
빈 가지 하나 매달려 있다

어미는 얼마나 발버둥 쳤을까
시름하는 아가에게 젖 한 모금 먹이려 애태웠을까
가슴에 채 묻지 못한 자식 안고
속절없이 바라본다

아가야, 다음 세상 나올 때에는
튼튼한 엄마 품에 건강하게 태어나렴
너울너울 봄바람 타고
예쁜 꽃 피워 보렴

양배추

냉장고 문이 열렸다
쿵쿵 뛰는 심장 소리
무심한 표정을 향해
염증 생긴 눈으로 간절히 쳐다보는 양배추 한 포기

네모난 겨울 속에 오래 갇혀
문 열 때마다 두근거렸던 마음
다시 세상 밖으로 나간다는 생각에 가슴이 뛰었어
주인이 뒤돌아 설 때마다 한숨이 나왔지

가족들과 둥굴대며 지내던 연초록 날들
햇빛과 바람 속에 아삭아삭 웃음소리 커지고
주름 속 꽉 찬 튼실한 몸
짱구라는 놀림을 받을까
가르마를 곧게 세우고 둥글둥글 야무지게 다듬었어
형제들 어디론가 떠난 뒤 외톨이가 되었지

죽어야 다시 태어나는 세상
오늘 저녁은 한껏 모양을 내며 마지막 무대에 서지
달달하고 알싸한 맛을 뽐내며
사람들 입속에서 하염없이 춤을 추는 양배추

5부

그대 빈자리

내 안의 꽃

꽃을 피웠다

베란다 한 귀퉁이 몇 년을 숨죽이고 앉아
죽은 듯 생각에 꼬리를 물고
혹시나 버려질까 두려움에 힘겹게 버텨왔지

뿌리를 부둥켜 잡고 눈물 흘리며
놓았던 손 또다시 붙들면서
줄기와 잎을 다독거리던 시간들

기어코 감았던 눈 뜨며
한 세상 새롭게 날아오른다

베란다 한가운데
분홍빛 날개 펴는 나도 제비난

4월의 노래

4월의 부추밭은 아가의 배냇머리
얼었던 땅 뚫고 나와
봄날을 꿈꾸는 연초록 새싹들
세상 밖이 궁금하다

풍선처럼 터질 듯한 배
엄마의 얇아진 옷자락 속에서
손과 발을 힘차게 움직이는 아가
초음파 속 호기심 어린 얼굴
빼끔히 밖을 내다본다

코로나로 불안한 나날이지만
엄마는 너를 맞을 준비로
떨리고 분주하다

어둠을 가르고 우렁찬 아가 울음소리
4월 밤하늘에 파란별 하나 돋아난다*

* 이혜선 시 '이팝꽃 필 무렵' 인용

보리수

농익은 보리수 열매
파란 잎 새 사이 숨어서 손짓하는 유혹
발걸음 멈추고
손 뻗어 한 움큼 딴다

탱글탱글 보드라운 아가의 볼
새콤달콤 떨떠름 풋사랑의 맛

마릴린 먼로의 빨간 입술이,
촉촉하고 동그란 양귀비 입술이 웃고 있네
주렁주렁 수다 보따리
곱게 매만진 친구들 입술이
보리수나무에 걸려 있네

따가운 햇볕 아래 단꿈을 꾸며
빨갛게 익어가는 사랑의 열매

안개꽃

한발 물러서서 당신을 빛나게 하는 조연

잠시 어색했던 마음은 뒤로 하고
가까이 마주 보며 떨리는 가슴

당신이 머물다 떠난 자리
어느새 온기 사라지고
꽃병 물속에 혼자 남아 상한 다리 절룩거려도
스며든 그 향기 잊을 수 없네

텅 빈 마음 안으로 삭이며
부서질 듯 흔들리는 입술 부여잡고
안개꽃 눈물방울 별빛 되어 맺히네

그대 빈자리

양지바른 산언덕 매화나무
눈보라 비바람에 휘청거리던 긴 시간
그대 입김과 따뜻한 손길로 눈을 비볐지

이제는 눈물의 뒤에 숨어
그대 떠난 빈자리
매화 방울방울 피어난다

빗방울 소리
당신 발걸음인가 뒤돌아본다
바람 소리
그대 목소리인 듯 귀 기울여도
빈 바람만 분다

꽃그늘 아래 함께 했던 그 웃음 생생한데
짙은 어둠 속으로 가버린 그대

매화는 온 산에 피고
직박구리 한 마리
가지에 앉아 그 이름 목메어 부른다

파르르 떨리는 하얀 꽃잎들
떠난 그 자리에,

진주의 노래

살아가는 데는 예기치 않은 일들이
늘 생긴답니다

아무리 몸을 꼭꼭 여며도
바닷물에 잠긴 우윳빛 상처 감출 수 없어요
바람처럼 아득한 날
살을 에는 아픔 그만 뱃속에 감싸 안았어요

저를 찾지 마세요
부르지도 마세요
빈 가슴은 새로운 사랑을 원할 수 없어요
농익어 붉게 벌어진 석류처럼
더 이상 숨길 수 없는 그 날을 손꼽아 기다릴게요

아름다운 얼굴에만 마음 주지 마세요
내 몸 부서져 가루가 되어
당신 상처 감싸 안아 드릴게요

파르르 몰아쉬는 엄마 숨소리
방울방울 맺힌 눈물 진주로 피어
가슴속 밝히는 유월의 신부

그대 품에 오롯이 안길 거예요

* 진주는 6월의 탄생석

나이테

허공에 바람 한 자락
늘어나는 갈증은 안으로 삭여
허허벌판에 덩그러니 서 있는 나무

소용돌이 바람이 온몸을 휘감아도
출렁거리는 가슴 휘어잡고
흐르는 구름 속에 시간을 묻는다

따스한 햇살에 새 한 마리 날아와 안기면
꽃잎 흔드는 바람이 되어
너에게 향기를 보낸다

거센 눈보라에 언 몸 움츠리고
고개 숙인 기다림은 가슴 속 별이 된다

저녁노을이 곱게 물든다

우리 다시 만나리

민들레 한 송이
마지막 불꽃으로 피어오른다

한 몸 부서져 가누기 힘들지라도
한 조각 그리움 바람에 떠나보내고
향기 없이 바스락거리는 마른 꽃대만 남아
안으로 삭이는 성긴 울음들

어둠 속에서도 환한 빛으로 피어나던
젊은 날의 행복*

흔적 없이 사라지는 오늘이지만
먼 날 어디선가 우리 다시 만나리

* 민들레의 꽃말 '행복'

너에게로 가는 시간

계절이 끝나가는 산길

창백한 겨울은 안개 속에 숨고
언뜻언뜻 연둣빛 여인이 손짓한다

밤새 비릿한 숲의 들숨이
연한 날숨 곁으로 머무는 시간
숲과 숲 사이
순간 포개졌다 사라지는 가느다란 빛

메아리 없는 산울림에
깊어지는 그리움의 조각들

영원하지 않기에 더욱 소중한 지금
그리움은 어디까지일까
아무리 기다려도 보이지 않는,

너에게로 가는 긴 시간
바다 끝에 서면 만날 수 있을까
바람과 함께 사라진다 해도
사랑은 영원히 계속되리니

내 안에 산이 있기에

산은 분명 하늘 아래
내 발아래 있네

외줄 인생 재주부려 몇천 년 살아갈까
시작은 있으나 끝은 없으니
묶여진 군화처럼 발걸음 무겁고 숨만 헐떡이네

가는 구름은 인생의 여울
온 산을 껴안아 올라가고
흐르는 땀은 바람 속에 숨어드네

이리로 갈까
저리로 갈까
넘어가는 서쪽 해에 까맣게 그을린 얼굴
산허리 휘어지는 의상능선* 돌고 도네

산 안에 내가 있고
내 안에 산 있으니
떠나는 마지막 길 한 그루 나무 되어
산 안에 머물고 있네

* 의상능선: 북한산 능선 중 한 구간에 있는 여덟 봉우리

견우와 직녀

하늘 멀리 저편
반짝이는 그대 모습 잊을까

꼬박 밤을 새운 모닥불
타오르는 불길 속에 떠오르는 얼굴

밤하늘 은하수 건너
긴 시간 기다려온 그대 숨소리

세월 지나 내 모습 몰라보아도*
이 아침
피어나는 작은 이슬방울
새 한 마리 목을 축인다

열 번을 다시 태어나도
다시 만나게 될 너와 나

* '지상에서 영원으로' 노래 인용

초승달

무겁게 내려앉은 어둠
하얗게 시린 마음 잠 못 이룬다

그대 떠난 빈자리 알아챈 걸까, 초승달
살며시 창문 열고 들어와
소곤소곤 옛 얘기 들려준다

토닥토닥
살포시 잠이 들고
어뚝 새벽 꿈 속인 듯 아침 해 뒤척인다

산 너머 작은 초승달
차마 떠나지 못하고
기웃기웃 내 마음 어루만진다

비 오는 거리

어둠 속 쏟아지는 빗줄기
차갑게 목덜미를 적시네

어디선가 환한 웃음으로 다가선 발자국
내 어깨 살며시 받쳐주던 우산
꿈인 듯 흐르는 빗소리
열병처럼 달뜨던 선율

아우성치는 강바람에 얼룩진 그림자
저만치 물러나 평행선에 서고
영원한 사랑은 없다고 멀리 떠나간 기차

아스라한 기억 저편
빗속에 서성이던 긴 머리 소녀
어느새 머리 위 하얀 눈꽃 피었네

해거름 산모롱이 홀로 걸어갈 때
등불 하나 밝혀
내 손 잡아주시네

즐거운 소음

오늘도 바람처럼 싸운다
옆집 여자와 아랫집 여자의 다툼
거의 일방적 쇳소리다

옆집의 피아노 소리가
그 아랫집으로 고스란히 들린다고
G 선상의 아리아
베토벤의 7번 교향곡…
소음 공해라고 으름장을 놓는다

딸애가 입시 중이라고
방음 장치까지 해놨다고
조금만 봐달라고 사정사정하는 피아노 집 아줌마

방바닥에 납작 엎드려
두 귀를 쫑긋 세워 본다
내 귀는 어이없게
춤을 추며 노래 부른다

그저 내 귀는 즐겁기만 하다

너를 기다린 시간

아무 말 없어도 모든 걸 알 수 있지

다가가기 위한 적지 않은 시간
잔잔한 설레임으로 기다렸지

기다리는 동안 꽃은 피고
햇살과 바람에 날아오는 향기

키 훌쩍 커버린 높은 감나무
가지마다 송이송이 별들이 반짝이고
어느새 올망졸망 매달린 파란 꿈들

비우고 또 버려야
더 커지는 걸 알기에
먹구름에 서성이며 떨어지는 꽃잎들
떨어져 시든 얼굴에서도
떫지만 제법 닮아간 달금한 맛

붉게 물드는 단풍 곁에서 너도 따라 붉어져
부드럽고 달콤한 만삭의 열매

기다린 시간만큼 눈부신 가을날
소중한 기억으로 안겨 오겠지

어머니의 선물

따가운 초가을 햇볕
멍석 위 한가득 펼쳐 널었네

새벽잠 밀어내고
장터를 돌고 돌아
고개 휘도록 머리에 이고 오신 빨간 물고추

온종일 땡볕 아래 들고 나며
까맣게 그을린 얼굴
어머니 손길 따라 자리 옮기며
고실고실 말라가는 고추
손수 지어주신 예쁜 색동옷처럼
빨간 고운 빛으로 다시 태어났네

구부러진 허리만큼
자식 사랑은 늘어나
먼 길 마다 않고
한 아름씩 안겨 주는 흐뭇한 마음

지금도 그리운
어머니의 선물

세발자전거

모두가 떠난 자리 텅 빈 놀이터
홀로 남겨진 세발자전거

꼬마의 방글거리며 웃던 모습
함께 신나서 달렸던 기억
남아있는 따뜻한 체온을 감싸 안는 세발자전거

밤이슬에 흠뻑 젖어 홀로 떨지만
아침 되면 환한 웃음으로
따뜻한 햇살 길잡이 삼아
꼬마와 세발자전거
오늘도 한 몸 되어 씽씽 달려 나간다

애기봉에 서니

고향은 멀기만 하다
뱃길 닫힌 포구는
여전히 잠을 깨지 못한다

따뜻한 봄바람 타고
출렁 다리 건너 애기봉 전망대에 오른다

발 돋음하고 하염없이 망원경 돌려보아도
보이지 않는 내 가족 정겨운 이웃들
어린 날 놀던 길은 사라지고
변함없는 건 산과 들뿐

강 하나 사이에 두고
어둠 속에 갇혀 오가지 못하는 실향민
무너지는 마음은
죽어서 새가 되어 강을 건넌다

불러도 대답 없는 이름이지만
그대에게 닿을 거라는 믿음
언젠가는 만날 수 있다는 우리의 한마음

노을 속 평화의 종소리가
바람 타고 둥둥 울려 퍼진다

* 애기봉: 김포시에 실향민의 마음 담아 평화 통일을 기원하는 비가 세워져 있다

가을 마음

사랑놀이에 분주하던 잠자리
내 머리 위에 살포시 날아와 앉는다

머리 위는 어느새 꽃밭이 되어
코스모스 백일홍 구절초
온통 가을꽃이 피어난다

나도 잠자리되어
빨갛게 익은 대추나무 꼭대기
물들어 가는 단풍잎 사이사이
구름 위를 훨훨 난다

갈바람 불어오고
마음도 가을 속으로 하염없이 빠져든다

함께 가는 길

할머니가 유모차를 밀고 간다
유모차가 할머니를 끌고 간다
젊은 날 수없이 밟았던 길
어둠의 내리막길로 비틀비틀 걸어간다

젊은 엄마가 유모차 밀고 간다
엄마와 아기의 마주치는 웃음소리
피어나는 푸른 길로 싱글벙글 달려간다

구부러진 허리 펴고 할머니가 빙그레
달려가던 아기 엄마 쌩끗 인사한다

할머니도
아기도 젊은 엄마도,
길가에 핀 금계국도 어깨 나란히
노란 웃음 지으며
함께 가는 길

시선의 끝